Méo en perd ses mots

Catalogage avant publication de Bibliothèque et Archives Canada

Vézina, Marie-Hélène

Méo en perd ses mots

(Rire aux étoiles ; 2)
(Série La fée Bidule ; 1)
Pour les jeunes de 7 ans et plus.

ISBN-13 : 978-2-89591-029-9
ISBN-10 : 2-89591-029-4

I. St-Aubin, Bruno. II. Titre. III. Collection. IV. Collection : Vézina, Marie-Hélène. Série La fée Bidule ; 1.

PS8643.E946M46 2006   jC843'.6   C2006-940903-X
PS9643.E946M46 2006

Tous droits réservés
Dépôts légaux : 3e trimestre 2006
Bibliothèque et Archives nationales du Québec
Bibliothèque nationale et Archives Canada
ISBN 13 : 978-2-89591-029-9
ISBN 2-89591-029-4

© 2006 Les éditions FouLire inc.
4339, rue des Bécassines
Québec (Québec) G1G 1V5
CANADA
Téléphone : (418) 628-4029
Sans frais depuis l'Amérique du Nord : 1 877 628-4029
Télécopie : (418) 628-4801
info@foulire.com

Les éditions FouLire remercient la Société de développement des entreprises culturelles du Québec (SODEC) pour son aide à l'édition et à la promotion.

Gouvernement du Québec – Programme de crédit d'impôt pour l'édition de livres – gestion SODEC.

Les éditions FouLire remercient également le Conseil des Arts du Canada de l'aide accordée à leur programme de publication.

IMPRIMÉ AU CANADA/PRINTED IN CANADA

MARIE-HÉLÈNE VÉZINA

Méo en perd ses mots

Illustrations
Bruno St-Aubin

RIRE AUX
ÉTOILES

Avant de commencer...

Jeunes lecteurs et lectrices, il est l'heure !

Si vous portez des chaussettes, mangez des céréales et prenez votre bain au moins une fois par mois, cette histoire est pour vous.

Voici une toute première aventure de la fée Bidule.

Hourra, youpi, bibelidou !

Pour que tout se passe bien, moi, l'auteure, je vais même vous accompagner. Lorsque j'aurai un commentaire à faire, je mettrai une petite plume de mon perroquet au début et à la fin. 🪶

Alors bonne lecture et, surtout, n'oubliez pas : une histoire chaque jour éloigne la mauvaise humeur pour toujours !

CHAPITRE 1
La chasse au téléphone

L'*herbe pousse en souriant et les oiseaux font cui-cui...*

Nous sommes présentement à Fourbi-ville. En réalité, dans la rue Trucmuche. En fait, au sous-sol de l'appartement numéro treize et demi. Plus précisément, dans l'atelier de la fée Bidule qui, elle, se trouve dans ses pantalons...

La porte s'ouvre. Un nuage de farine envahit la pièce. Perché sur l'armoire à bidules, Monsieur Perroquet s'agite.

– Rrrr, qui est là ? Sorrtez d'ici, coquin, ou j'appelle le shérif, le croque-mitaine et mon cow-boy fringant !

Le nuage de farine disparaît peu à peu. On voit alors apparaître… euh… quelque chose. Ou quelqu'un ? Un homme ou une femme ? Bonne question. En fait, c'est un pantalon avec un chapeau de pâtissier.

– Mettez vos lunettes, Monsieur Perroquet. C'est moi, votre fée favorite !

Monsieur Perroquet ne voit pas mal ; il voit très mal ! En un battement d'ailes, il quitte l'armoire. Il atterrit sur le chapeau de pâtissier. Il s'étire le cou et se retrouve bec à nez avec la fée.

– Rrrah ! C'est vous, bonne fée. M'avez-vous rapporrrté une galette et un petit pot de beurre d'érable ?

– Peut-être bien…

Elle dépose un sac rempli de délicieuses pâtisseries de la boulangerie *C'est pas d'la tarte !* située au-dessus de son atelier. L'odeur envoûtante réveille les papilles du perroquet. Il ne peut résister. Pour mieux voir et sentir, l'oiseau se penche, se penche, se penche et… SPLOUTCH! plonge dans les pâtisseries!

– Rrrr, bel atterrissage sucré, votre diligence!

La fée soupire.

– Deux fois cette semaine, Monsieur Perroquet, c'en est trop.

Elle saisit l'oiseau et se dirige droit vers le lave-vaisselle.

– Rrrr, non, pas le lavage, non!

– Oh oui, monsieur!

Elle ouvre la porte de la machine et y engouffre l'animal. Trois secondes et quart plus tard, le lave-vaisselle se met en marche.

– C'est parti, mon titi!

Je lis dans vos pensées: vous êtes en train de songer que cette fée est méchante et cruelle envers les animaux, n'est-ce pas? Vous voulez appeler la SPPMG – Société Protectrice des Perroquets Myopes et Gourmands? N'en faites rien car notre fée est une bonne fée avec beaucoup de créativité. Ce lave-vaisselle dans lequel marine notre ami perroquet n'est en fait qu'une simple douche. La fée Bidule, vous le découvrirez bientôt, est une *patenteuse*, une *biduleuse* et une fameuse curieuse. Sa baguette magique? Elle n'en a pas. Sa magie réside dans les bidules qu'elle invente avec de vieux objets récupérés ici et là. Elle transforme tout. Même les machines à laver en douche pour perroquet! Alors, ne craignez rien, tout est sous contrôle. ✎

****

Le lavage est terminé. Monsieur Perroquet sort du lave-vaisselle, un peu gaga.

– Où suis-je? Qui suis-je? Qu'est-ce qu'on mange pour souper?

– Du calme, Monsieur Perroquet...

À cet instant, le téléphone sonne. Aussitôt, Monsieur Perroquet s'affole comme une «bine sauteuse».

– Dring-dring, le téléphone! Le téléphone, dring-dring, ma bonne fée, dring-dring!

La fée s'énerve. Elle ne trouve pas l'appareil dans tout le fouillis qui règne dans la pièce.

– Oui, oui, je l'entends! Mais OÙ est-il? Où avez-vous mis le téléphone, Monsieur Perroquet? Viiite!

– Dring-dring par-ci, dring-dring par-là, ça fait dring-dring dans ma tête!

L'oiseau vole d'est en ouest en perdant le nord! Comme sa vue est très mauvaise, il accroche tout sur

son passage : lampes, bibelots et... fée. L'impact entre l'oiseau et sa maîtresse est fracassant. Les deux compères se retrouvent par terre.

– Rrrrr, qui êtes-vous, coquin ? Sortez d'ici ou j'appelle le shérif, la cavalerie et mon cheval de bois !

– Voyons, Monsieur Perroquet, c'est encore moi : la fée Bidule.

Le téléphone reste introuvable. Le répondeur se met en marche. « Bonjour. Vous êtes bien chez moi et vous, chez vous. Laissez-moi un massage, ça fait tellement de bien. Ha, ha, ha ! »

Après le timbre sonore, on entend une voix d'enfant à l'accent italien. « Au secours, fée Bidule, aidez-moi, c'est une question de vie ou d'*amore* ! »

D'un bond, la fée se lève. Elle plaque sa main droite sur son cœur et relève la tête d'un air solennel.

– Si c'est une question de vie ou de mort, poussez-vous, je sors !

CHAPITRE 2
La calculatrice magique

Nous sommes présentement sur la rue Machinchouette. En réalité, chez Méo, le jeune Italien en détresse qui a appelé la fée. En fait, dans le salon de Méo, qui, lui, se trouve plongé dans ses pensées...

On sonne à la porte. Méo sursaute et court ouvrir, le cœur plein d'espoir. Lorsqu'il la voit, il hésite. Cette coiffure, ces chaussures, cette valise à trois serrures... est-ce bien la personne qu'il attend ? Il repense à l'annonce piquée sur le babillard de la boulangerie.

Vous avez un problème?

Je n'ai pas peur de me salir les mains pour vous sortir du pétrin!

Appelez: 123-4567
et demandez la fée Bidule.

P.-S. Je recycle également vos vieilleries.

Devant l'air ébahi du garçon, la fée lui serre la main avec énergie.

– Bonjour, jeune homme. Je sais, je sais, je n'ai ni baguette ni froufrou. Mais croyez-moi, je suis bien celle que vous attendez.

Elle retire sa main et la plaque sur son cœur.

– Fée Bidule, pour vous servir. « Celle qui n'a pas peur de se salir les mains pour vous sortir du pétrin ! » Je suis venue aussi vite que j'ai pu. Quand c'est une question de vie ou de mort, je bondis comme un ressort !

Elle pousse Méo de côté et s'élance sur le fauteuil. Elle pose sa mallette sur ses genoux.

– Racontez-moi tout. Quel est le vil chenapan qui vous veut du mal ?

Les yeux grands comme des disques compacts, Méo observe la fée. Puis, il fait trois pas et quart vers elle.

– Personne ne me veut de mal, madame.

– Pourtant, votre message était clair, jeune homme. Vous avez dit : « C'est une question de vie ou de mort. »

– Non, j'ai dit : une question de vie ou d'*amore*, pas de mort.

La fée lève les bras au ciel et s'écrie :

– Mais oui ! Une question d'*amore*, pas de mort !

Elle baisse les bras et fronce les sourcils.

– Je ne comprends toujours pas. Pourriez-vous m'expliquer ?

– L'*amore* est un mot italien qui signifie « amour ».

– Ah ! l'*amore* et non la mort ! Bien sûr !

Elle éclate de rire puis s'arrête net trois secondes et quart plus tard. Elle regarde Méo droit dans les yeux.

– Sachez que rien n'est impossible pour la fée Bidule, mon garçon. Et si je ne réussis pas, ce sera un échec. Alors, matador, quel est ce problème d'*amore*?

Méo s'empare d'un album photo caché sous le divan. Il tourne la première page et ses yeux deviennent rêveurs.

– Voilà, c'est elle : Julie. Elle est dans l'autre classe de troisième année.

– Oui, oui. Continuez, mon enfant, je vous écoute.

– Le problème, c'est que je… euh… je crois que je… euh… j'aimerais croire que je… euh… qu'elle…

– Ce n'est pas très clair, tout ça. Voudriez-vous un dictionnaire ? J'en ai un français-chinois en format de poche.

La fée sort de sa valise un livre bleu petit comme un gros orteil. Elle le tend à Méo qui refuse.

– Non, merci. C'est que je suis amou… euh… amoumou… euh… je crois…

– Amouquoi? s'impatiente un peu la fée. Attendez, je vais chercher dans le dictionnaire français-français. À mouton? À moules-frites? À mousti-quaire? Aidez-moi un peu!

– Je suis... AMOUREUX.

– *Mama mia*! Amoureux, mais oui, c'est bien ce que je croyais!

Méo soupire et lève les yeux au plafond.

– Et lorsque je viens pour parler à Julie, tout s'emmêle: mes idées, mes mots, mes phrases, tout.

– Je vois; c'est comme jouer au jeu de Scrabble uniquement avec la lettre «e». Ne désespérez pas, Pépito. J'ai la solution à votre petit problème grave.

🖋 Le jeu de Scrabble – prononcez «scrabeule» – est très instructif. Deman-dez-en un pour votre classe. Votre ensei-gnant(e) sera fier(ère) de vous. 🖋

La fée farfouille avec fracas dans sa mallette et en sort une calculatrice.

– Avec ÇA, vous allez devenir un vrai Cyrano de Bergerac! annonce-t-elle fièrement.

– C'est quoi, un Tyrano de Montignac?

– Cyrano de Bergerac? C'est un très grand poète. Lui, il savait manier le verbe mieux qu'une épée. Il pouvait tuer ses adversaires rien qu'avec des mots!

– Wow! Et les filles aiment ça, les *pouets*?

– Les filles n'aiment QUE les poètes, c'est bien connu, voyons. Vous pouvez me faire confiance.

Méo est tout de même un peu sceptique.

– Et moi, je peux devenir un Cynaro avec une simple calculatrice?

– Attention, c'est une calculatrice-mini-dictionnaire-à-mémoire-d'éléphant modifiée! Ce bidule magique vous aidera à exprimer tout ce que votre cœur pense mais que votre bouche ne peut articuler. Où peut-on rencontrer votre charmante Julie?

– J'ai rendez-vous avec elle au parc tout à l'heure. Elle doit m'expliquer un devoir de mathématiques.

– Excellent. Nous irons ensemble. Grâce à moi, Julie sera dans vos bras avant que vous ne mangiez vos bas!

CHAPITRE 3
Le poëte paniqué

Nous sommes présentement dans la rue Babiole. En réalité, au parc Montplaisir. En fait, à l'entrée ouest, où se trouvent Méo et la fée.

Nos deux lurons se dirigent tout au fond du parc. Julie et Méo se sont donné rendez-vous sous le joyeux saule pleureur. La fée fait ses dernières recommandations à Méo.

– *Primo*, vous cachez la calculatrice dans votre poche. *Secundo*, vous vous installez à côté de Julie, l'air calme et gai comme un Italien quand il sait qu'il aura de... euh... laissez tomber. *Tertio*, quand vous êtes prêt à parler, vous appuyez sur le bouton. Bingo!

– Et si Julie voit le bidule? Et si je fais une crise de claque? Et si...

– Une crise cardiaque? Pas avant 40 ans, Méo. Tout ira bien. Je vais me cacher derrière la poubelle, à quelques pas de vous deux. Souris, Cyrano!

Méo fait un sourire tordu à la fée. Il se sent bizarre. Il aperçoit Julie, assise sur un banc. Il se sent encore plus bizarre. Vite, il enfouit le bidule tout au fond de sa poche. Il est prêt.

– Bonjour, Julie!

– Bonjour, Méo. As-tu apporté ton devoir?

À ce moment, Méo glisse doucement sa main dans sa poche. Il pèse sur le bouton. Ô miracle! Les mots se mettent à sortir tout seuls de sa bouche.

– Mais oui, ma jolie Julie bien laide! J'espère qu'avec ta superintelligence très nulle tu pourras m'aider dans mes devoirs !

Mais que se passe-t-il ? En s'entendant parler ainsi, Méo ferme sa bouche aussitôt et essaie de sourire. Julie est interloquée.

– Pardon ? Je n'ai pas bien compris, Méo. Peux-tu répéter ce que tu viens de dire ?

Méo fait signe que non. Il essaie d'attirer l'attention de la fée et se met à danser la claquette. Peine perdue, Bidule

est en train de déguster une pâtisserie en se léchant les babines! Paniqué, Méo replonge la main dans sa poche et cherche à arrêter la machine. Ses doigts tâtent deux boutons. Lequel est le bon? Méo en choisit un au hasard. CLIC!

– Est-ce que ça va, Méo? s'inquiète Julie, qui trouve que son ami n'est pas comme d'habitude.

Méo ouvre la bouche pour répondre et il se passe encore des choses étranges: le voilà qui parle comme un robot.

– Julie jappe comme un jardin japonais. Bip! Julie jacasse comme une jeep jaune. Bip! Julie *jumbo* jongle en jupette. Bip!

Julie se demande si Méo n'a pas attrapé la fièvre des mathématiques.

– Qu'est-ce que tu racontes, Méo? Me traiter de *jumbo*, moi qui mange du tofu mou tous les jours!

Méo couvre sa bouche de ses deux mains. Il ne comprend pas ce qui se passe. Et où est passée cette fée Bidule machin? Elle avait promis de l'aider. Méo la cherche du regard et l'aperçoit, adossée à la poubelle, en train de digérer ses gourmandises en... ronflant! Incroyable! Il se met à siffler le plus fort qu'il peut pour la réveiller. Cela arrête le ronflement mais, hélas, elle dort toujours! ✎ Si votre père ou votre grand-mère ronfle, essayez ce truc, ça marche vraiment. Des chercheurs l'ont testé sur les célèbres rats ronfleurs du Mexique. ✎

Méo doit se débrouiller tout seul. Une fois de plus, sa main retourne dans sa poche. Il découvre TROIS boutons sur le bidule! Quel délire! Il décide d'enfoncer celui de droite. De toute façon, il ne sait plus quoi faire.

CLIC!

Julie commence à ranger ses affaires. Méo pose sa main sur son épaule et tente de s'excuser.

– Attends, Julie, je...

Méo s'arrête, il n'ose plus parler. Il craint une nouvelle catastrophe.

– Quoi? Je t'écoute, lui répond Julie, qui espère que tout ceci n'est qu'une vilaine blague.

Méo se lance. Mais il n'aurait pas dû! Lorsqu'il se met à parler, ses mots se bousculent à la vitesse d'une fusée. Ses phrases n'ont aucun sens.

– Pomme-poire-abricot-c'est-la-faute-à-mon-coco-attrapez-les-pouces-tralalère-tsoin-tsoin-tartelette-et-grosse-galette…

Julie est maintenant triste et fâchée à la fois.

– Franchement, Méo Panini, je ne te pensais pas si mal élevé! Fais-les tout seul, tes devoirs!

Elle finit de ranger ses cahiers dans son sac. Ses narines palpitent comme celles d'un taureau en colère. Elle ajoute en haussant le ton:

– Je ne te dis pas salut, Panini. Espèce de tartelette à la confiture de poires toi-même!

Et elle s'éloigne en courant.

En entendant les mots «tartelette», «confiture» et «poires», les oreilles de la fée se dressent d'un coup.

– Des tartelettes? Où ça? J'en veux aussi à la fraise, s'il vous plaît!

Soudain, elle sort de sa torpeur et aperçoit Méo sur le banc. Il est seul, la mine basse, avec sa petite misère à ses pieds. Il farfouille dans sa poche, en sort le bidule magique et le tire au bout de ses bras. La fée s'approche.

– Or donc, mon ami, comment s'est déroulé votre rendez-vous galant? Avez-vous fixé la date du mariage?

Méo lève à peine les yeux et rétorque:

– Vous ne voudriez pas louer la baguette magique de la fée des étoiles?

CHAPITRE 4
Une invention-choc

Nous sommes présentement encore à Fourbiville. En réalité, dans la rue Trucmuche. En fait, au sous-sol de l'appartement numéro treize et demi. Plus précisément, dans l'atelier de la fée Bidule qui, elle, se trouve dans ses petits souliers...

Ça va mal pour la fée Bidule. Sa calculatrice modifiée n'a pas fonctionné comme elle le pensait. Méo est fâché contre elle. Avec raison. Il est certain que Julie ne voudra plus le revoir. Adieu l'amour ! Lui qui mourait d'envie de participer à la superpartie de volley-ball en compagnie de Julie et de leurs amis...

Il faut que la fée invente un nouveau bidule. Mais, surtout, elle doit convaincre Méo de l'essayer.

– Rrr, c'est rraté, c'est rraté, chère fée!

– Je ne me laisserai pas abattre si facilement. Monsieur Perroquet, préparez-vous à tester mon prochain bidule!

*****

Quelques BING, BANG, BOUNG, CROUNCH, SCLAK plus tard... ✺ Pour améliorer votre diction, dites ces mots plusieurs fois avec un crayon dans la bouche. ✺

– Voilà le travail! Regardez, Monsieur Perroquet: la montre-bracelet-postillon-neuse-d'essences-amoureuses modifiée.

– Rrrr, où ça, la postillonneuse, où ça? Aspergez-moi, ma bonne fée. Je veux devenir un perroquet myope et amoureux!

Bien installé sur une lampe en guise de perchoir, Monsieur Perroquet se laisse tomber tête en bas. Il bat des ailes comme un moulin à vent qui aurait bu trente-trois cafés.

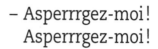

– Asperrrgez-moi !
Asperrrgez-moi !

– Bien sûr, Monsieur Perroquet. Comme toujours, vous serez mon premier cobaye…

– Rrrr, le cobaye le plus rrapide de tout le Far West !

– Il ne me reste qu'un petit ajustement à faire…

Mais Monsieur Perroquet n'écoute plus. Tel un athlète olympique sur sa barre fixe, il fait une roue complète. Puis, il se redresse et s'envole à la recherche de la fée que sa courte vue l'empêche de repérer.

– Rrrr, juste une goutte, une *goutte-line*, une *gouttelinotte*! Où êtes-vous, ma bonne fée?

Il croit l'apercevoir.

– Ah! vous voilà!

– Non, Monsieur Perroquet! Attention, c'est...

De justesse, le volatile évite la patère.

– Demi-tourrrr, cavalier!

– Attention, malheureux, vous allez me...

Pour un effet plus spectaculaire, imaginez la scène suivante au ralenti, comme les reprises au hockey.

Monsieur Perroquet pique droit vers sa maîtresse adorée. Son bec cible l'estomac. L'impact a lieu. L'estomac de la fée se contracte. Son dos se courbe. Ses bras tremblent. Ses mains s'ouvrent et ses doigts laissent échapper le flacon, qui s'écrase sur le crâne du perroquet. Quelques gouttes s'en échappent et tombent sur le plumage coloré.

Ça y est, le liquide a pénétré l'épiderme oisif.

L'effet est instantané. Un peu sonné, l'oiseau reprend ses esprits.

– Rrrr, où suis-je ? Qui suis-je ? Qu'est-ce qu'on mange pour souper ?

Il tourne la tête. À ce moment, ses yeux croisent ceux de la fée.

– Rrrrrrrrrr, ô toi, ma toute belle aux effluves de carrramel! Laisse-moi t'embrrrasser, ma gaufrette sucrée!

Surprise, la fée fixe le perroquet avec des yeux gros comme des anciens disques quarante-cinq tours. Si vous ne savez pas ce que c'est, allez tout de suite le demander à vos parents. En trois secondes et quart, elle est debout. Elle récupère le flacon.

– Bibelidou! L'effet est impressionnant. Je dois montrer ça à Méo le plus vite possible!

Elle se dirige à toute vitesse vers l'entrée. Monsieur Perroquet se lance à ses trousses.

– Rrrrrr, attendez, ma fée d'amourrrr, je vous aime, mon petit-four!

Tout à coup, le téléphone sonne.

– Ne parrtez pas, rrr! Dring-dring, le téléphone, dring-dring!

La fée ouvre la porte et la referme aussitôt. Elle entend un léger «boum» et un petit glissement.

Elle est déjà loin quand, dans l'atelier, le répondeur se met en marche. Au son du timbre, une voix féminine résonne:

– Bonjour, fée Bidule. Je m'appelle Julie et j'ai besoin de vous...

CHAPITRE 5

Une poire en folie

Nous sommes présentement encore à Fourbiville. En réalité, dans la rue Farfouillis. En fait, sur le terrain de volley-ball. Plus précisément sur le banc où est assis Méo, qui, lui, se trouve évidemment dans son chandail de sport numéro 3 333 de l'équipe des Vol-au-vent. ❧ Tout au long de la partie, profitez-en pour vous pratiquer à lire les gros nombres ! ❧

FRRUUT! Un coup de sifflet retentit. L'arbitre annonce le début du jeu.

Les joueurs prennent place sur le terrain. Julie et Méo sont dans la même équipe, mais ils ne s'adressent pas la parole. Ils ne se sont pas revus depuis le parc. Ambiance…

Le joueur numéro 747 de l'équipe adverse, les Titis déchaînés, s'apprête à faire le premier service. Il lève le ballon au-dessus de sa tête et… FRRUUT! Nouveau coup de sifflet. Tous les yeux se tournent vers l'arbitre. Celui-ci se dirige à l'avant du terrain. Et qu'y a-t-il, à l'avant du terrain?

Un nuage de farine. Un nuage qui se dissipe peu à peu et laisse apparaître… euh… quelque chose

qui ne ressemble à rien ni à personne. Tiens, j'ai déjà lu ce passage quelque part, pas vous? Mais oui! C'est notre bonne amie la fée qui vient livrer un courrier express à Méo!

L'arbitre hurle d'une voix toni-truante:

– Méo Panini, livraison spéciale!

Un peu mal à l'aise, surpris, agacé et curieux que d'émotions!, Méo avance à petits pas. Mais qu'est-ce qu'elle fait là? La fée semble très enthousiaste.

– Bonjour, mon cher. Je vous apporte un nouveau bidule. Il est fabuleux…

– Ce n'est pas le moment, je dois retourner au…

La fée ne le laisse pas terminer sa phrase.

– C'est très facile à installer. C'est une montre-bracelet-postillonneuse-

d'essences-amoureuses modifiée. Vous la portez à votre poignet et vous tenez la petite poire dans votre paume. Lorsque vous serez près de Julie, serrez le poing. En écrasant la poire, un nuage de poussière aphrodisiaque s'en échappera. Ingénieux, n'est-ce pas?

Tout en parlant, la fée glisse le bracelet au poignet de Méo.

– Bon, bon. Je veux bien l'essayer. Mais dépêchez-vous, je dois retourner sur le terrain.

– Voilà, c'est installé. Bonne chance, Pavarotti!

Méo se met à courir et, trois secondes et quart plus tard, il revient voir la fée.

– Qu'est-ce que ça veut dire, « aphro-zodiaque » ?

– Aphrodisiaque ? Pas d'inquiétudes, vous le saurez bien assez tôt !

La fée sourit et s'installe dans les gradins pour regarder le match. Méo reprend sa place et fait signe à l'arbitre qu'il est prêt. FRRUUT !

PssHHHT!

*****

Le ballon sautille de main en main comme un grain de maïs au micro-ondes. Le bracelet est si discret que Méo oublie qu'il le porte. Il suit le ballon des yeux. L'équipe adverse l'envoie dans la zone des Vol-au-vent. Le numéro 2006 assure la première réception, suivi par le numéro 0007 qui effectue une touche bien placée.

La sphère bondissante se dirige maintenant vers Méo et Claudie. Méo

place ses mains et... PSCHUIIIT! La poire laisse s'échapper un nuage de poudre aphro-machin sous le nez de Claudie, la faisant éternuer. Puis, la magie opère.

– Oh, Méo, quels beaux muscles tu as! Je n'avais jamais remarqué ton corps et tes pieds d'athlète!

– Hein, quoi? Euh...

Méo regarde la fée. Il lève le pouce. Ça marche! Le bidule de la fée fonctionne! Méo est heureux. À la prochaine rotation des joueurs, Julie sera près de lui. Un coup de poire et rebonjour l'amour!

Le jeu reprend. Méo est au filet. Julie est à sa droite. Les Titis déchaînés envoient le ballon du côté des Vol-au-vent. Réception par le numéro 9001 qui passe à Julie. Julie passe à Méo afin qu'il *smashe* au filet. Méo se prépare. Il se tourne légèrement vers Julie. Il veut être sûr que les postillons l'atteindront. Il frappe de toutes ses forces et... SPOW! Malheur de malheur! La poire lui glisse des mains. Le tir est dévié et le ballon assomme la pauvre Julie! En plein sur le nez. Pas de nuage autour de la tête de Julie, que des étoiles... L'arbitre la retire immédiatement du jeu. Méo est catastrophé. La fée encore davantage.

Le nez enflé comme une citrouille, Julie est découragée. Elle ne sait plus quoi penser de son ami.

Pauvre Méo! Il a perdu le contrôle. Chaque fois qu'il touche au ballon, il embrume ses coéquipières. Résultat? Il se fait inonder de compliments, de baisers soufflés, de clins d'œil coquins et de sourires sucrés! Toutes lui courent après. Toutes, sauf Julie...

CHAPITRE 6

De cauchemar en cauchemar

Nous sommes présentement dans la rue Machinchouette. En réalité, chez Méo. En fait, dans sa chambre. Plus précisément dans le lit de Méo, qui, lui, se trouve dans de beaux draps !

Méo dort d'un sommeil agité. Il rêve. Non, ce n'est pas un rêve, mais un cauchemar. Julie court au ralenti pour se jeter dans ses bras. À la dernière seconde, elle trébuche sur un de ses lacets de soulier. Elle s'étale au sol et crie : «Tu l'as fait exprès, Méo Panini, jamais je ne t'aimerai, jamais !» Comme un écho, les paroles de Julie se répètent à l'infini dans son cerveau. Soudain, il entend :

– Coucou! Bibelidou!

Méo se réveille d'un coup, le cœur en sueur. Il ouvre les yeux.

– Aaaaah!

La fée est là.

– Comment êtes-vous entrée chez moi?

– Fée un jour, fée toujours! Malgré les apparences, n'oubliez pas que je suis une fée.

Elle bondit sur le lit comme si elle avait des ressorts sous les pieds.

– M. Panini, ça y est! J'ai le bidule qu'il vous faut.

Méo n'a pas du tout envie de vivre une autre expérience traumatisante.

– Vos bidules m'ont causé assez d'ennuis. Non, merci.

– Écoutez, si je ne résous pas votre problème avec ce bidule, je promets de… de faire vos devoirs de mathématiques pour toute l'année scolaire. Tentant, non?

Les yeux de Méo s'arrondissent comme des trente-trois tours. C'est encore plus gros que des quarante-cinq tours, pas besoin de demander à vos parents. Comme Méo hésite, la fée en rajoute.

– Je mangerai votre foie de veau, je couperai vos ongles d'orteils à vie, je convaincrai vos parents d'adopter un macaque japonais, ou un babouin, si vous préférez...

– Bon, bon, c'est d'accord. Je vais l'essayer, votre bidule.

La fée est ravie. D'un air mystérieux, elle demande à Méo :

– Mon cher, est-ce que Julie sait où vous habitez ?

– Non, je ne crois pas. Pourquoi ?

– Aux grands Méo, les grands moyens! Je vous présente l'hypno-horloge-grand-père modifiée...

🐝 Pour des raisons de suspense, je ne vous dévoilerai pas le secret de la nouvelle invention de la fée Bidule. À vous de le découvrir... 🐝

*****

Quelques trois heures et quart plus tard…

Ding-dong! Ding-dong!

Nous sommes chez Méo. On sonne à la porte. Mais ce n'est pas lui qui va ouvrir. Étrange… C'est la fée qui se dirige vers la porte. Très étrange…

– Bonjour, mademoiselle, que puis-je faire pour vous ?

– Euh… bonjour, madame. Je m'appelle Julie Damour. Je viens pour l'annonce à la fenêtre.

– Ah oui, l'annonce ! Entrez, entrez.

La fée conduit Julie vers le salon. Elle l'invite à s'asseoir sur le divan. Puis, elle regarde du côté des rideaux. Méo sort le bout du nez et fait un clin d'œil à la fée. Il tient dans ses mains l'hypno-horloge.

– Alors, vous aimeriez faire de petits travaux. Avez-vous de l'expérience ?

– Je suis très travaillante. Je peux faire plein de choses.

– Savez-vous épousseter les nains de jardin?

C'est le signal que Méo attendait. Il actionne le pendule de l'hypno-horloge et un tic-tac se fait entendre.

– Qu'est-ce que c'est que ce bruit? s'informe Julie.

– Ce n'est rien, petite. C'est mon horloge grand-père qui pratique la claquette. Mais dites-moi plutôt, est-ce que vous savez aussi tondre les piscines?

La fée est déconcentrée. Elle voit Méo qui s'amuse vraiment à danser la claquette derrière les rideaux! Il secoue l'invention beaucoup trop fort. S'il ne fait pas attention, il va …

– Aïe, *mama mia*!

… se l'envoyer sur le nez. Voilà, c'est fait.

– Et ça, c'est votre grand-mère qui danse la lambada? demande Julie en riant.

Elle fait un clin d'œil à la fée. La fée répond à Julie en faisant deux clins d'œil.

Dès cet instant, Julie se transforme en zombie. Ses yeux deviennent ronds comme des billes. Sa bouche bâille comme un poisson. Son corps oscille de l'avant vers l'arrière, marquant le rythme de l'horloge.

«Tout est parfait», pense la fée.

– Vous pouvez sortir, Méo!

Le garçon apparaît. Il se frotte le nez.

– *Santa Lucia*! Mon nez...

La fée rigole.

– Houlà! En plein dans le mille! Maintenant, vous avez vraiment le profil de Cyrano! Je vous laisse donc en compagnie de votre bien-aimée!

– C'est vrai ? Elle est hynop... euh... tisée, vous êtes certaine ?

– Oui, elle est tout à fait hypnotisée. Vous pouvez lui ouvrir la porte de votre cœur et laissez le courant d'air de l'amour faire le reste !

La fée s'éclipse derrière les rideaux pour ne pas le déconcentrer.

Sans regarder Julie, Méo tire un carnet de sa poche. Il commence à lire à voix haute :

– Julie, Julie, Julie…

Il s'arrête et s'éponge le front avec sa manche.

De ton cœur, je suis mal pris… euh… épris

Épris après… euh… et puis après ton départ, j'ai eu peur

De ne plus te revoir ni mon devoir… euh… et de devoir

Vivre sans…

Pendant que Méo lit, Julie se met à glousser.

Doucement au début, puis de plus en plus fort. Au mot «vivre», elle explose de rire.

– Méo, je ne comprends rien! C'est pire que l'autre jour au parc! Oh! et ton nez, il est tout… gros!

Méo est très gêné. Il se cache derrière son carnet. Il lève timidement les yeux vers Julie.

– Oh! Julie, toi aussi, ton nez est… et c'est ma faute. Je m'excuse, je…

Méo arrête de parler. Il réalise que l'hypno-horloge n'a plus d'effet sur Julie.

– Mais tu n'es plus aseptisée?

– Non, et je ne l'ai jamais été!

Ce n'est pas vrai; encore cette fée et ses bidules de fou!

Méo se tourne vers les rideaux, l'air furieux. Surprise! La fée a disparu! Méo et Julie se retrouvent seul à seul. Les yeux dans les yeux. Gros nez à gros nez.

– Écoute, Méo, il faut que je te dise quelque chose...

Julie se lance. Elle explique à Méo pourquoi l'hypno-horloge n'a pas fonctionné. Elle raconte à Méo qu'elle a, elle aussi, contacté la fée plus tôt cette semaine. Elle lui demandait son aide afin de résoudre un problème : avouer son amour à Méo Panini ! La fée a organisé la rencontre chez Méo en inventant un faux bidule. Méo et Julie rigolent, assis sur le divan.

CHAPITRE 7

Une fée sans fin

Les oiseaux font cui-cui et les cœurs font *boum-boum*.

Nous sommes présentement à Four-biville. En réalité dans la rue Trucmuche. En fait, sur le trottoir où marche la fée Bidule qui, elle, se dirige vers son atelier.

Grâce à son cache-oreille-de-lapin-à-ondes-courtes modifié, la fée Bidule a pu entendre la conversation entre Julie et Méo. Elle jubile ! Elle exécute un petit pas de bibelidou et se parle à elle-même.

– Encore une mission réussie avec brio! Félicitations, ma chère. Et ce n'était pas facile. Surtout lorsqu'il a fallu fabriquer un faux bidule. Quel stress! Les bidules qui ne marchent pas, c'est contre ma nature...

Avant de descendre chez elle, la fée fait un petit saut à la pâtisserie.

– Je mérite bien une gâterie!

Puis, les joues pleines de trottoirs aux fraises, elle pousse la porte du treize et demi.

Elle est aussitôt assaillie par Monsieur Perroquet.

– Rrrr! Qui est là? Est-ce toi, mon petit-fourrr? Viens ici que je te bécote, ma cocotte! crie-t-il en fonçant droit vers elle.

La fée n'a que le temps de l'éviter. Rapide comme l'éclair, Monsieur Perroquet passe sans la voir et se retrouve

dans le couloir. La fée claque la porte et se dirige vers son fauteuil pour s'y reposer. Trois secondes et quart plus tard, on entend un léger «boum», un petit glissement et un faible gémissement.

– Ne parrrtez pas, mon petit pet-de-nonne, on vous demande au téléphone, rrrr!

La fée n'entend plus, elle ronfle. Perdu sous une pile de journaux, le téléphone abandonné laisse entendre une voix qui répète:

– Allô? Allô? Allôôôôôô?!?

Avant de partir...

Jeunes lecteurs et jeunes lectrices, l'heure est passée.

Quel sera le nouveau défi de notre fée patenteuse? Qui est au bout du fil? Vous le saurez dans la prochaine aventure de la fée Bidule!

Hourra, youpi, bibelidou!

MOT DE L'AUTEURE

Jeunes lecteurs et lectrices, bonjour ! Je me présente : Marie-Hélène Vézina, auteure de taille moyenne : 4'6". Je suis assurément aussi myope que Monsieur Perroquet, mais cela ne m'empêche pas de voir la vie avec enthousiasme et humour, à la façon de ma bonne fée Bidule. Je pratique régulièrement mon passe-
temps favori, les jeux de mots sous toutes leurs formes. Tout comme Méo, j'aimerais bien posséder une machine qui me dicte de beaux messages d'amour ! Lorsque l'inspiration fait défaut, j'écoute de la musique et je danse le bibelidou. Ça marche à tout coup !

DES MOTS DE BRUNO POUR SA PREMIÈRE AMIE DE CŒUR, LUCIE H.

Avant mes 17 ans, je ne pensais qu'au sport. J'étais un jeune athlète, j'aimais le vélo, le ski et le ballon. Rien ne m'arrêtait sauf... les filles. Quand il m'arrivait d'être obligé de parler à une fille, je restais figé. Aujourd'hui, ceux qui me connaissent auront peine à croire que je ne parlais pas beaucoup !
Mais à l'époque... le minimum, je vous le jure ! Alors, je dois vous l'avouer, la première fois que j'ai invité une fille à sortir, j'étais sous l'effet d'une invention de la fée Bidule... Pardonne-moi, Lucie H. !

RIRE AUX
ÉTOILES

Série Virginie Vanelli

Auteur: Alain M. Bergeron
Illustratrice: Geneviève Couture

1. La clé des songes
2. La patinoire de rêve (sept. 2007)

Série La fée Bidule

Auteure: Marie-Hélène Vézina
Illustrateur: Bruno St-Aubin

1. Méo en perd ses mots
2. Du pain sur la planche (sept. 200

www.rireauxetoiles.ca

La Joyeuse maison hantée

Mouk le monstre

Auteure: Martine Latulippe
Illustratrice: Paule Thibault

Abrakadabra chat de sorcière

Auteur: Yvon Brochu
Illustratrice: Paule Thibault

Frissella la fantôme

Auteur: Reynald Cantin
Illustratrice: Paule Thibault

www.joyeusemaisonhantee.ca